PROGRAMA DE ÍNDIO

POESIAS DECOLONIAIS

(2.ª EDIÇÃO)

CB032357

Editora Appris Ltda.
2.ª Edição - Copyright© 2024 do autor
Direitos de Edição Reservados à Editora Appris Ltda.

Catalogação na Fonte
Elaborado por: Josefina A. S. Guedes
Bibliotecária CRB 9/870

N576p
2024
	Nhandewa, Tiago
	    Programa de índio: poesias decoloniais / Tiago Nhandewa. – 2. ed. – Curitiba: Appris, 2024.
	    68 p. : il. ; 21 cm.
	
	    Inclui referências.
	    ISBN 978-65-250-5893-1
	
	    1. Literatura indígena. 2. Poesia. I. Título.
	
	                                        CDD - 898

Appris
editora

Editora e Livraria Appris Ltda.
Av. Manoel Ribas, 2265 – Mercês
Curitiba/PR – CEP: 80810-002
Tel. (41) 3156 - 4731
www.editoraappris.com.br

Printed in Brazil
Impresso no Brasil

TIAGO NHANDEWA

PROGRAMA DE ÍNDIO

POESIAS DECOLONIAIS

(2.ª EDIÇÃO)

Appris
editora

FICHA TÉCNICA

EDITORIAL	Augusto Coelho
	Sara C. de Andrade Coelho
COMITÊ EDITORIAL	Marli Caetano
	Andréa Barbosa Gouveia (UFPR)
	Jacques de Lima Ferreira (UP)
	Marilda Aparecida Behrens (PUCPR)
	Ana El Achkar (UNIVERSO/RJ)
	Conrado Moreira Mendes (PUC-MG)
	Eliete Correia dos Santos (UEPB)
	Fabiano Santos (UERJ/IESP)
	Francinete Fernandes de Sousa (UEPB)
	Francisco Carlos Duarte (PUCPR)
	Francisco de Assis (Fiam-Faam, SP, Brasil)
	Juliana Reichert Assunção Tonelli (UEL)
	Maria Aparecida Barbosa (USP)
	Maria Helena Zamora (PUC-Rio)
	Maria Margarida de Andrade (Umack)
	Roque Ismael da Costa Güllich (UFFS)
	Toni Reis (UFPR)
	Valdomiro de Oliveira (UFPR)
	Valério Brusamolin (IFPR)
SUPERVISOR DA PRODUÇÃO	Renata Cristina Lopes Miccelli
ASSESSORIA EDITORIAL	William Rodrigues
REVISÃO	Marcela Vidal Machado
PRODUÇÃO EDITORIAL	William Rodrigues
DIAGRAMAÇÃO	Yaidiris Torres
CAPA	Lívia Weyl
REVISÃO DE PROVA	Raquel Fuchs

Os rios, esses seres que sempre habitaram os mundos em diferentes formas, são quem me sugerem que, se há futuro a ser cogitado, esse futuro é ancestral, porque já estava aqui. Gosto de pensar que todos aqueles que somos capazes de invocar como devir são nossos companheiros de jornada, mesmo que imemoráveis, já que a passagem do tempo acaba se tornando um ruído em nossa observação sensível do planeta. Mas estamos na Pacha Mama, que não tem fronteiras, então não importa se estamos acima ou abaixo do rio Grande; estamos em todos os lugares, pois em tudo estão os nossos ancestrais, os rios-montanhas, e compartilho com vocês a riqueza incontida que é viver esses presentes.
(KRENAK, 2022, p. 11-12).

Se hoje faço uso desta tecnologia ocidental para escrever
estes singelos textos do mundo indígena
atual, original e ancestral, foi por causa de muitos guerreiros que tombaram
lutando pelos nossos direitos, que hoje estão em nossa Constituição Federal.

Eles sonhavam em ver seus filhos e netos utilizar destas ferramentas para
lutar contra preconceitos, e contra discriminação.
Então, é para eles que eu dedico este livro, de todo o meu coração

BANIWA BARÉ BARA
AHÓ DESÁNA DENÍ HAHAIN
HAÉ JUMA JARICUNA
ONDÊ LATUNDÊ MAKÚ
RAVUTE NUKINÍ PANKAR
BAKTSA SATERÉ MAWÉ S
TAPAJÓS TUPINAM
AVANTE
SU WAI
UDJÁ YAWALAPITÍ YANON
ANÁ AIM ACÉ AR
OMITXI ENAWENÊ-NA
JARA MBYA ANI M
APOQUE KO ATEJ
RAJÁ KRENÁ PALIKUR PA
PIRAHA PAIAKU PA
PAVÓ PIRI-PIRI PITAGUAR
AWAY AINÁKU

APRESENTAÇÃO

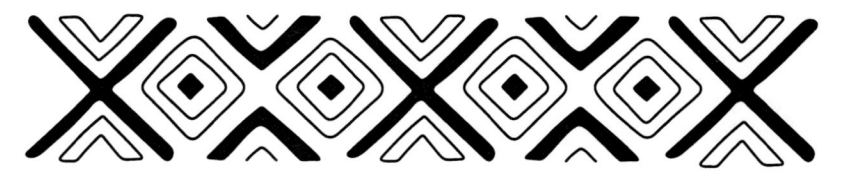

Este trabalho nasce da vontade de compartilhar o real mundo indígena que, na minha vida, eu vivi e conheci. É vontade de falar do mundo indígena como ele é de fato, não aquele mundo inventado pelas histórias mal contadas e com pensamentos defasados, cheias de estereótipos que a nós legaram imagens estigmatizadas.

O que mais me instigou a escrever os textos que estão neste livro foi ouvir diversas vezes que os indígenas levam uma vida chata, sem graça e monótona, que só vivem caçando e pescando; até nos chamam de indolentes e preguiçosos, só porque não nos encaixamos no sistema do não indígena, colonialista e capitalista.

Caçar e pescar ficou rotulado como "programa de índio", sendo algo que somente os indígenas praticam ou, ainda, sendo as "coisas de índio". Por isso é importante mostrar que fazemos outras coisas, como brincar, trabalhar, viajar, dançar, festejar e comemorar, cada povo do seu jeito, afinal, somos muitas culturas diferentes espalhadas por todos os cantos do Brasil.

Portanto, o que quero provar é que as mais de 305 etnias indígenas fazem muitas outras coisas que não somente pescar e caçar, também participam de "programas de branco", como ir ao shopping, comer pizza, ter celular e computador. Ao ler este livro, acredito que muitos preconceitos sobre os povos indígenas irão mudar e, assim, construir novos pensamentos na sociedade envolvente, decolonizando corpos e, principalmente, mentes. Nesse sentido, trago o pensamento do parente Alvaro de Azevedo Gonzaga (2021, p. 148), "O decolonizar indígena é devir dos povos originários em que pensamos no futuro póscolonização e escrevemos uma nova história com a tinta vermelha de garantir direitos".

LITERATURA INDÍGENA E DECOLONIALIDADE

Como afirmei anteriormente, os textos que compõem este livro fazem parte de um novo paradigma de literatura indígena. Uma literatura escrita pelos próprios indígenas. Uma literatura diferenciada, ou seja, uma etnoliteratura, sendo um conceito que caracterizo como aquilo que está conectado com as histórias narradas por determinado povo indígena, que está ligado a um pertencimento étnico. São histórias sagradas que envolvem a origem do mundo, das coisas, e das próprias pessoas. Nesse sentido, conceituo como sendo uma cosmoliteratura. Além de outros aspectos culturais, que ganham formas escritas de acordo com as experiências de mundo de cada escritor pertencente a uma etnia específica.

No entanto, o intuito é falar do mundo indígena real, contextualizado com os povos e as culturas originárias, longe das suposições supersticiosas. Ela tem como objetivo principal ajudar a combater desinformações, preconceitos, discriminações e estereótipos a respeito dos povos indígenas.

Sobre decolonialidade, recorro brevemente aos estudos que despontam como uma sugestão para enfrentar a colonialidade, o capitalismo e o pensamento contemporâneo. Nessa reflexão estão estudiosos como Aníbal Quijano e Walter Mignolo, entre outros. Como sugerem esses pensadores, a decolonialidade é apontada como viabilidade para resistir e descons-truir paradigmas, conceitos e diretrizes colocados aos povos marginalizados durante todos esses anos de colonização. O pensamento decolonial coloca-se como uma possibilidade para dar voz e visibilidade aos povos subalternizados e oprimidos que por muito tempo foram silenciados. Portanto, é considerado um projeto de libertação e revolução social, além de ser político, cultural e econômico, que pretende dar res-peito e autonomia não só às pessoas, mas também aos grupos que estão excluídos da sociedade e do mundo como um todo.

Acredito que o conceito de decolonialidade corro-bora em partes com o pensamento indígena quando se refere ao enfrentamento das injustiças sociais, culturais e políticas. Vejamos o que pensa o escritor indígena Daniel Munduruku, quando ele enfatiza que a lite-ratura indígena é uma forma de militância, um grito de denúncia: "A literatura indígena escrita pelos indí-genas, escrita por escritores, autores indígenas ela é também uma forma de militância, porque a militância ela nos lembra quem a gente é, pelo o que a gente está desenvolvendo nosso trabalho e com qual finalidade a gente está fazendo isso, portanto é um grito, é tam-bém um grito de liberdade. É um grito de denúncia por tudo aquilo que nosso Povo viveu, ainda que um Povo ou outro esteja muito bem ou esteja bem colo-cado dentro da sociedade brasileira é preciso que esse grito continue para que o Brasil não [se] esqueça de tudo aquilo que nós sofremos, os nossos antepassados sofreram ao longo dessa trajetória histórica".

SUMÁRIO

NÃO AO MARCO TEMPORAL!

Muitos povos, muitas culturas, muitas línguas, muitas danças, muitos cantos e muitas rezas havia neste lugar,

Mas isso não bastou... o que queriam, na verdade, era o nosso mundo desacreditar.

Nossos ancestrais, nesta terra, foram guerreiros,

Atravessaram muitos séculos lutando e protegendo seus herdeiros.

Antes das caravelas atracarem nas praias de Porto Seguro,

Já existiam por aqui muitas histórias e narrativas sobre a ori gem do mundo.

Hoje em dia, querem estabelecer um tal de Marco Temporal, Para dizer que nosso território foi descoberto por Cabral.

Por isso é que, através das nossas histórias contadas por nós mesmos,

esta concepção irá mudar,

Porque somos a resistência que ao longo dos séculos tentaram matar, civilizar e apagar.

Só uma coisa eu vou dizer, que nossa história não começa em 1988!

POVOS INDÍGENAS: ATUAL E ANCESTRAL

Tupi, Tapuia, uma identidade generalizada,

Nos livros de História, todos eram índios de forma equivocada.

Mal sabiam eles que esta imensa terra, cheia de matas, montanhas e rios, muitos povos ela abrigava,

No país inteiro, de norte a sul, de leste ao oeste, muitas etnias estavam localizadas.

Os filhos desta terra por muitas coisas ruins passaram,

Se hoje ainda existimos, é o resultado das lutas que estes povos travaram.

Somos povos indígenas, sim, porque muitas identidades temos,

Não podemos nos contentar com histórias deturpadas que, na escola e em outros lugares, lemos.

Então, aí vai as etnias que no Brasil existem para não mais esquecermos:

A

Apinayé – Aweti – Arara do Aripuanã – Aruá – Arara de Rondônia – Ajuru – Akuntsú – Amanayé – Anambé – Apiaká – Araweté – Asurini do Tocantins – Asurini do Xingu – Ava-Canoeiro – Amondáwa – Apurinã – Ashaninka – Apalaí – Arara do Pará – Arara do Acre – Arapáso – Alaketesu – Alantesu – Arikapú – Aconã – Aikaná – Aimore – Anacé – Apolima – Arara – Aranã – Arapiun – Arikén – Arikosé – Atikum

B

Bororo – Bóra – Baniwa – Baré – Bará – Barasána – Baenã – Borari – Botocudo – Banawa – Bakairí

C

Cinta Larga – Chamakóko – Chiquitáno – Catokin – Charrua

D

Diahói – Desána – Dení – Dâw – Djeoromitxí

E

Enawenê-Nawê

F

Fulni-ô

G

Guató – Gavião Krikatejê – Gavião Parkatejê – Gavião Pukobiê – Gavião de Rondônia – Guajá – Guaraní – Guarani Kaiowá – Guarani Mbya – Guarani Nhandeva – Guaikurú – Galibi do Oiapoque – Galibí Marwórno

H

Hupda – Halotesu – Hahaintesu – Hixkaryána

I

Ikpeng – Ingarikó – Irántxe – Issé

J

Javaé – Juma – Jaricuna – Jeripancó – Jamamadí – Jarawára

K

Kanela – Kanela Apaniekra – Kanela Rankoca-mekra – Krahô – Krahô-Kanela – Krenyê – Krikati – Kokuiregatejê – Kaingang – Kayapó – Kisêdjê – Karajá – Krenák – Karitiana – Kuruáya – Ka'apor – Kamayurá – Karipuna – Kawahíb – Kaiabi – Kokama – Kambéba – Kuripako – Kaixana – Kini-kinau – Kalapalo – Kuikuro – Kaxuyana – Kapon Patamóna – Karafawyana – Katuena – Katukina do Acre – Kaxarari – Kaxinawá – Korúbo – Kulina Páno – Kubeo – Kanamanti – Kulina Madijá – Katukina – Kanamarí – Katawixí – Kithaulu – Kujubim – Kadiwéu – Kaeté – Kahyana – Kaimbé – Kalabaça – Kalankó – Kamakã – Kamba – Kam-biwá – Kambiwá-Pipipã – Kampé – Kanindé – Kanoé – Kantaruré – Kapinawá – Karapotó – Karijó – Karipúna do Amapá – Kariri – Kariri-Xocó – Kaxixó – Kayuisiana – Kiriri – Koiupanká – Kontanawá – Kwazá – Karuazu – Karapanã

L

Lakondê – Latundê – Laiana

M

Mundurukú – Makuráp – Manchineri – Mawayána – Mehináku – Matipú – Makuxí – Marúbo – Matís – Matsés – Maya – Makúna – Mirititapuia – Makú – Múra – Manduka – Mamaindê – Migueléno – Miránha – Manao – Maragua – Marimã – May-tapu – Mucurim – Mynky – Maxakali

N

Nadëb – Nahukuá – Naravute – Nukiní – Nega-
rotê – Nambikwára – Ninám – Nawa

O

Ofayé – Oro Win

P

Panará – Pataxó – Pataxo Há-Há-Há – Puro-
borá – Parakanã – Parintintim – Palikur – Paresí
– Poyanáwa – Piratapuya – Paumarí – Pakaa
Nova – Pirahã – Paiaku – Pankará – Pankararé
– Pankararú – Papavó – Paumelenho – Piri-Piri
– Pitaguari – Potiguara – Puri

R

Rikbaktsa

S

Sateré Mawé – Salamãy – Suruí de Rondônia –
Sakurabiat – Suruí do Pará – Shanenáwa – Siriano
– Sawentesu – Sarare – Sabanê – Sanumá – Sapará

T

Timbira – Tapayuna – Tuparí – Tenharim – Tembé
– Tamoio – Turiwára – Tapirapé – Tenetehara –
Tariana – Terena – Taulipáng – Tiriyó – Tukano –
Tuyúca – Tunayana – Tawandê – Torá – Tabajara
– Tapajós – Tapeba – Tapiuns – Tapuia – Tikúna
– Tingui-Botó – Tremembé – Truká – Trumái –
Tumbalalá – Tupaiu – Tupinambá – Tupinam-
baraná – Tupiniquim – Tuxá

U

Umutina – Uru-Eu-Wau-Wau – Urucú

X

Xacriabá – Xavante – Xerente – Xokléng – Xambioá – Xipáya – Xetá – Xereu – Xocó – Xucuru kariri

W

Waiãpy – Wapixana – Warekena – Wauja – Wai Wai – Waimiri Atroari – Wayana – Wanana – Wakalitesu – Waikisu – Wasusu – Wassú – Witóto

Y

Yudjá – Yawalapití – Yaipiyana – Ye'kuana – Yamináwa – Yawanawá – Yurutí – Yanomán – Yanomámi

Z

Zoro – Zo'é – Zurua

TRAÇOS ANCESTRAIS

Das florestas sagradas para o mundo das exposições artísticas.

Artistas indígenas de toda etnia, povo e nação

representam o mundo indígena com muito empenho e dedicação.

Makuxi, filho de Makunaima, artista plástico, ativista, Jaider Hesbell ficou conhecido como alguém que derrubou barreiras para chegar aonde chegou.

No mundo das Artes ele fez história e foi pioneiro ao levar a cultura dos povos indígenas para outros ambientes, que nunca ninguém havia alcançado,

posso dizer que em vida aqui na Terra esse foi seu legado.

Com seus pincéis, telas e cores, ele coloriu a beleza do sagrado,

sem desrespeitar as nossas divindades e, também, os seres encantados.

Sua companheira, Daiara Tukano, uma grande artista da

ancestralidade, segue firme e forte na sua missão,

Dar continuidade ao trabalho desse guerreiro que tão cedo nos deixou,

mas uma coisa nos conforta, é a certeza de que ele foi morar com Makunaima, ele ancestralizou.

IDENTIDADE

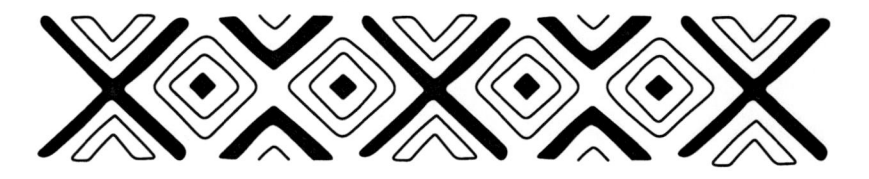

Desde sempre me disseram que eu era filho de pai branco

com mãe Guarani,

Pois foi essa herança de mistura que na minha vida eu aprendi.

Seja na aldeia ou na cidade, apelidos pejorativos sempre ouvi,

Japonês, mestiço, mameluco, *txamõi ray*, foram com essas categorias com que sempre convivi.

Hoje sou adulto e resolvido, e uma identidade tenho que carregar,

Porque aprendi que, para ser aceito numa sociedade, não basta ter cultura e língua,

Mas é preciso conquistar seu espaço e, principalmente, o seu lugar.

Na minha vida derrubei muitas barreiras, muitos preconceitos enfrentei,

Para ser quem eu sou, esforços eu não poupei.

As minhas origens ancestrais: indígena, europeu e afrodescendente, resultado do entrechoque causado pela colonização,

Esses povos se encontrarem não foi por opção,

mas por obra do imperialismo e do capitalismo, que procuravam novos mundos com objetivos de exploração e dominação.

E dessa forma venho, com muito orgulho, falar das minhas heranças ancestrais,

Porque o povo lá de fora confunde tudo e todo mundo, achando que no tempo paramos, e não mudamos jamais.

Por isso, comecei falando de mim, um indígena Guarani, que, por meio destas histórias, revela nossas formas e os nossos cotidianos,

Não mais podemos ser considerados os famosos indianos.

Achei importante seguir assim, porque o pensamento de 1500 ainda persiste nas mais diversas mentes e pensamentos,

Colocam todos os povos indígenas no mesmo saco, reforçando estereótipos até o presente momento.

PROGRAMA DE ÍNDIO

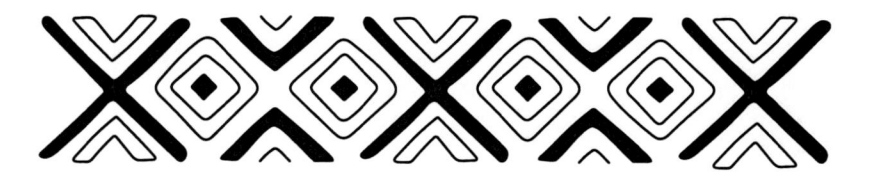

Quem disse que o indígena não tem diversão?

Se engana quem acha que a vida desses povos é uma pura estagnação.

Tem gente que acha que vida de indígena é uma coisa monótona,

Até fazem programa de TV mostrando que o indígena só vive na oca, deitado na rede e espantando muriçoca.

Mas a verdadeira história não é bem essa,

O indígena se diverte, brinca e briga, faz tudo que você faz, porém sem pressa.

DIA DO ÍNDIO

Uma festa inventada, Mas muito animada.

Neste dia a aldeia fica cheia de gente,

Vêm turistas, estudantes, curiosos, não indígenas e, também, parente.

De dia: danças, músicas, *kangwaá, takwá, mbaraká,* urucum e jenipapo não podem faltar,

Porque desta celebração todos vão se alegrar. De noite: baile e forró,

Homens, mulheres, jovens, crianças, ancião e anciã: uma alegria só.

Em abril é assim,

Uma festança sem fim.

Não poderia deixar de falar que não é apenas em abril que tem festa: em cada aldeia tem as programações a serem executadas.

O ano inteiro tem muita comemoração, pode ser aniversário, festa do peão ou até o *Nhemongaraí,* que é um ritual sagrado dos Guarani que dá os nomes das crianças recém-chegadas.

O *Nhemongaraí* acontece todo ano: vai de janeiro até março, logo após a colheita daquilo que foi plantado.

Esse ritual é realizado na *o'y gwatsu*, e quem comanda é o *txeramõi*, um velho muito sábio e, também, muito abençoado.

Durante uma semana ele se concentra até estar muito preparado.

Quando na noite do batismo, os nomes das crianças aos pais são revelados.

Durante uma semana, todos cantam e dançam, o que não

pode é ficar parado!

Ah! Não poderia deixar de falar que a nomenclatura mudou, agora é: Dia dos Povos Indígenas!

FUTEBOL INDÍGENA

Segunda, terça, quarta, quinta, sexta, sábado e domingo, Na aldeia, todo dia tem futebol,

Começa de manhã e acaba ao pôr do sol.

Os *Kunumĩ* e as *Kunhataĩ* são uma alegria danada, Porque dentro campo, todos são camaradas.

Às vezes, alguém se machuca, tromba com alguém, torce o tornozelo, cai de mal jeito e até bate a canela,

Mas não passa disso, porque todos são amigos, levar para a ignorância ninguém se arrisca,

Devido a ali por perto estar sempre o cacique: uma auto ridade que observa e vigia, igual sentinela.

Tudo é alegria, o jogo é só uma diversão,

O que todos gostam mesmo é de uma boa reunião.

ÍNDIO URBANO

Muitos termos nos legaram, e fomos categorizados da seguinte forma: índio urbano, índio da cidade, índio em contexto urbano, índio urbanizado.

Se hoje somos chamados assim, é porque há muito tempo invadiram nossas terras, nos expulsaram, e delas fomos obrigados a sair, deixando para trás tudo que tínhamos de mais valioso: o nosso território.

As lembranças das nossas terras sagradas estão vivas em nós; lembramos das florestas, dos rios, dos animais, das fogueiras, das histórias e, principalmente, dos nossos ancestrais.

Pois uma certeza nós temos, mesmo estando na cidade, fazendo as mesmas coisas que os não índios, a nossa identidade jamais esqueceremos, porque em nosso sangue corre o DNA de um povo forte, resistente e, principalmente, guerreiro.

Seja na cidade ou na aldeia, nossa identidade e cultura nós vamos preservar,

Mesmo que a nossa origem seja questionada, nunca vamos para de lutar.

FINAL DE SEMANA INDÍGENA

Hoje em dia, nós, povos indígenas, temos final de semana

também.

De dia, vamos à cidade fazer compras e à noite, à igreja dizer amém.

No sábado, alguns dormem até mais tarde para descansar,

Outros — como de costume — se levantam cedo e vão para a roça, trabalhar.

Ao meio-dia, o cheiro da comida está no ar.

No fogão tem alho e cebola queimando e, lá fora, o churrasco que não pode faltar.

Ao som de Zezé di Camargo, Chitãozinho e Xororó,

Dançam crianças, jovens, adultos e ninguém fica só. Dessa forma, todos ficam bem,

Levando a vida com alegria, sem nenhum desdém.

(RE)UNIÃO

Horário marcado na escola, já tem quem espera prestando atenção,

Outros vão chegando atrasados, acompanhados de filhos e cachorros, que dessas companhias não há quem abra mão.

Reunião em uma aldeia é coisa séria, é um momento de discussão,

Mas por outro lado, entre uma fala e outra, também tem espaço para diversão.

Para resolver problemas, fazer casamentos e decidir uma situação,

Basta chamar todos para uma boa reunião. O cacique é quem lidera,

Mas todos têm voz e vez, porque, nessa cultura, a ditadura não impera.

Os nossos mais velhos nos ensinaram que para decidir é desta forma:

Tem que reunir todos para estabelecer as regras e as normas.

GUERREIRAS DA ANCESTRALIDADE

A Mãe Terra, a mãe de todas as mães.

É por ela que as guerreiras da ancestralidade lutam,

Seja em Brasília, São Paulo, na Amazônia ou em qualquer bioma do Brasil.

Lá estão elas, com suas potentes vozes, falando para todo mundo ouvir que a luta das mulheres indígenas não é em vão; para chegar aonde chegaram, foi com muito esforço, em penho e muita dedicação.

Conquistar este espaço não foi fácil, não,

Muito sangue derramado elas tiveram que ver jorrado no chão.

Hoje em dia, elas lutam em várias frentes.

Elas lutam pelas florestas.

Elas lutam pelos rios. Elas lutam pela vida.

Com a Articulação Nacional das Mulheres Indígenas Guerreiras da Ancestralidade é assim: é uma militância sem fim.

BRINCADEIRAS, JOGOS E CELEBRAÇÃO

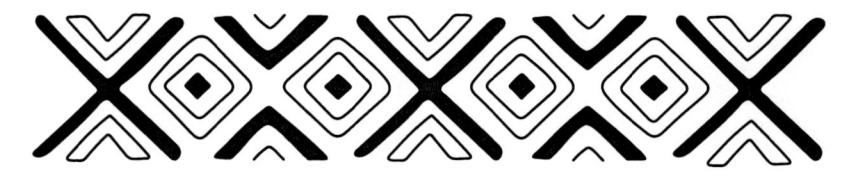

Da criança até o velho ancião, Tem muita diversão.

Tem brincadeira de passatempo, de ensinamento e principalmente de orientação,

É por meio delas que todos se reúnem, em forma de celebração.

Antigamente, a zarabatana e o arco e a flecha eram instrumentos para caça e proteção,

Hoje em dia, viraram objetos de modalidades esportivas e competição.

Nas aldeias e em todos os cantos do país,

Os povos indígenas se reúnem através dessas práticas com um único objetivo, que é não perder a raiz.

VISITAR PARENTES

Hoje em dia temos bicicleta, carro e moto, e às vezes viajamos de avião,

Mas nem por isso perdemos nossa tradição. Nós, povos indígenas de toda etnia e nação, Gostamos mesmo é de uma boa união.

Visitamos os parentes por todas as aldeias, de todos os

biomas e regiões,

Assim, vamos fortalecendo nossas culturas, nossas lín-

guas, nossas crenças e religiões.

Visitar parente é estar em movimento,

Faz bem para o corpo, para a mente, para o espírito e não causa sofrimento.

Os parentes são todos aqueles que estavam aqui antes do europeu,

É por isso que fazemos questão de estarmos sempre juntos em memória daquele que tanto lutou, sofreu e por muitos morreu.

VERBOS

Retomar.

Reconectar.

Demarcar.

O professor de português diria:

— Verbos infinitivos.

Um indígena diria:

— Luta infinita.

BEBIDA DE INDÍGENA

O cauim feito da mandioca é uma bebida dos Tupinambá,

Já o *kamindju* feito do milho, é bebida dos Guarani: Nhandewa, Mbyá e Kaiowá.

E outros povos originários bebem outras bebidas sagradas,

Que fortalecem e curam corpos, almas e, também, mentes perturbadas.

Mate e tereré são bebidas ancestrais,

Para indígenas e não indígenas, agora são habituais. Na *Opy*, embaixo das mangueiras ou na rua,

Todos bebem desta planta, que há tanto tempo perdura.

Desde há muito que dessas bebidas nossos velhos nos ensinam

A valorizar nossa cultura, que é nossa vida e riqueza que tanto nos inspira.

O RIO É ANCESTRAL

A nossa ligação com o rio é algo milenar.

Pescar, nadar e banhar são culturas que não podem parar.

Os rios, para os povos indígenas, são como se fossem nossos parentes:

Quando algo de ruim acontece com eles, todos nós fica-

mos doentes.

A nossa existência e a nossa sobrevivência estão ligadas a esse nosso avô,

Por isso, somos gratos a ele, que nos dá aquilo de que precisamos quando temos fome, sede e quando sentimos calor.

Não posso deixar de falar que também gostamos de piscina,

Afinal, o que importa é ter água e um bom clima.

O MEU LUGAR

O meu lugar é lá.

Foi lá que nasci.

Foi lá que aprendi a andar. Foi lá que aprendi a brincar. Foi lá que aprendi a nadar. Foi lá que aprendi a pescar. Foi lá que aprendi a caçar. Foi lá que aprendi a escrever. Foi lá que aprendi a ler.

Foi lá que aprendi a nossa língua. Foi lá que conheci a nossa religião. Foi lá que ouvi as nossas histórias. Foi lá que aprendi a ser feliz.

Foi lá na aldeia…

ESCOLA DOS POVOS INDÍGENAS

A escola indígena agora é lei,

Para aqueles que em 1500 foram considerados sem fé, lei e sem rei.

Este espaço institucional e colonial, que tanto nos oprimiu e nos censurou,

Hoje nos garante direitos diferenciados, que em carta magna nos assegurou.

Nossos conhecimentos ancestrais e nossas línguas para nossas crianças ensinamos,

Sem deixar a essência de ser quem somos, novos e velhos conhecimentos, assim repassamos.

A escola é um espaço coletivo, onde se ensina e se aprende.

Tudo nela acontece, desde ajuntamento, velório e quermesse.

Nesse espaço, continuamos resistindo e lutando,

Por nossa cultura e identidade é que seguimos ressignificando.

Para que, quando à universidade chegarmos,
 A nossa territorialidade mostremos.

SHOPPING, *FAST-FOOD* E COMIDA TRADICIONAL

Ir ao shopping se tornou habitual; lá compramos muitas coisas: roupas, calçados e celular.

Sem falar que gostamos de ir ao cinema, comer pipoca e tomar refrigerante; no entanto, o que mais nos interessa mesmo é ver um bom filme. Batman, Mulher Maravilha e o Homem-Aranha, que espetacular!

Alimentos como: lanches, salgados e pizza, agora, nós comemos,

Mas sem abandonar a culinária tradicional, que, há muito tempo, sabemos.

Falar em alimentação e falar de plantação,

Na roça tem abóbora, amendoim, mandioca, batata, milho, arroz e feijão.

Sem falar dos peixes e caças, que fazem parte do nosso do nosso dia a dia,

Talvez, para alguns povos com menos abundância, mas, quando tem, é sempre consumido com muita alegria.

Nossos hábitos mudaram com o passar dos tempos,

No entanto, com os nossos *Nhaneramõikwery*, honramos o que aprendemos.

TECNOLOGIAS: CONECTAR, INFORMAR E LUTAR

Rádio, televisão, computador, celular e internet hoje são instrumentos que usamos para lutar contra discriminação, preconceito e desinformação,

Usamos em nosso cotidiano para diversão e, também, para nos conectar com os parentes de outros lugares.

No rádio, ouvimos músicas de todos os gêneros e até A Voz do Brasil,

As notícias são bem-vindas, desde que preservem a integridade e não repassem *fake news*.

Na televisão gostamos de um bom filme, uma boa novela e até daqueles programas de humor, que trazem a imagem de um indígena norte-americano que bate com a mão na boca, fazendo "uh, uh, uh"… Sabemos que isso não condiz com a realidade, porque é mais um conceito deturpado,

Se assistimos, é para pensar que esse "índio" inventado, é

mais um estereótipo a ser quebrado.

O computador — uma tecnologia que usamos para estudar

— Ele se tornou corriqueiro em reunião da aldeia e, também, em nosso lar.

O celular — que alguns chamam de *parakau* — é entre nós o mais difundido,

Com ele nas mãos, nos comunicamos, acessamos as redes sociais e, principalmente, denunciamos aqueles que tanto nos têm oprimido, sejam eles políticos ou mesmo os bandidos.

A internet revolucionou o mundo, trouxe muitas mudanças, tanto para o bem quanto para o mal,

Para os povos indígenas não foi diferente, aceitamos essa tecnologia como instrumento de luta na defesa dos nossos direitos, o que é constitucional.

FOGUEIRA ANCESTRAL

A tarde termina.

Começa a noite.

É hora de nos reunirmos.

Os anciãos e as anciãs nos esperam com suas histórias, e a nós caberá nos sentarmos e ouvirmos.

Perto da fogueira, nossas histórias são passadas,

Os velhos sábios transmitem aos jovens as narrativas sagradas.

Na fogueira nos aquecemos,

Com os ouvidos sempre atentos ouvimos os conselhos e ensinamentos.

Tanto se passou,

E essa bela cultura milenar nunca acabou.

O INDÍGENA E A RELIGIÃO

Igreja católica vimos primeiro, depois a protestante,

Hoje, seguimos estas denominações, mas na *O'y gwatsu*

com nossos *takwá* e *mbaraká* rezamos, constantes.

O povo Guarani há muito tempo vive *apy*,

Com outros povos, dividimos este espaço que chamamos de *ywy*.

Somos povos de muitas crenças, acreditamos em deus

Nhanderu,

Pois foi ele quem fez o mundo, com este lindo céu azul. Ele fez a mata, que chamamos de *ka'agwy*,

Fez o rio, que chamamos de *y'y gwasu*.

Nhanderu fez *ywyty*, que é a montanha,

Ele fez o *awakwé* e a *kunhãngwé*, que são homens e mulheres, sua grande façanha.

Tudo que vemos aqui na Terra é fruto da sua criação, O que nos resta é respeitar e com tamanha devoção.

A BELEZA INDÍGENA

A beleza indígena está em todo lugar. Na moda.

Nas cores.

Nas pinturas.

Nos grafismos.

Nos artefatos.

Na arquitetura.

Na engenharia.

Na medicina.

Na educação.

Na alimentação.

Na língua.

Nas florestas.

Nos rios.

Na aldeia.

Na cidade.

Em mim.

Em você.

Em todos.

No povo brasileiro.

A beleza indígena está em tudo.

NOSSOS MUNDOS

No Brasil, não podemos generalizar os muitos povos indígenas que estão presentes,

São 305 etnias, que falam mais de 274 línguas, consideradas remanescentes.

Os povos indígenas são diversos,

Com muitas culturas e muitos universos.

O mundo não indígena, agora, conhecemos.

Primeiro, foi através da Bíblia imposta pelos jesuítas e depois, foi através dos livros que, na escola, nós lemos.

Atualmente é assim, diversos mundos frequentamos,

E muitas tecnologias atualmente nós acessamos.

Os dois mundos interagem de forma ainda assimétrica,

Separar não é mais possível este mundo que tanto nos conecta.

Mesmo que com culturas diferentes, índio, negro e branco são seres humanos, como se fossem irmãos,

Ainda assim, sou otimista no poder da união, que pode ajudar todos a preservar o nosso planeta, pelo bem da nossa nação.

OUTRA LÓGICA DE TRABALHO

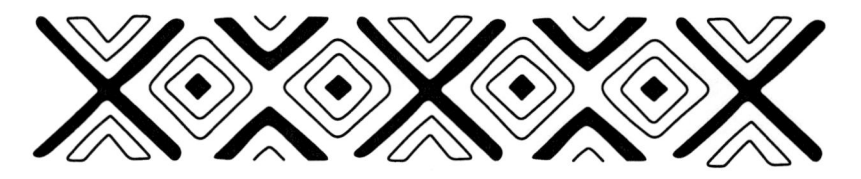

Dizem que o indígena é preguiçoso e não gosta de trabalhar, Outra história mal contada por quem não sabe explicar.

Na aldeia todos trabalham, acordam cedo e vão para roças, pois o mato precisam limpar.

Homens e mulheres não medem esforços quando têm uma família a sustentar.

Alguns precisam sair para trabalhar em lavouras alheias e até na monocultura.

As dificuldades chegaram por falta do território que nos

roubaram, e assim atingiu a nossa cultura.

Inventaram esta narrativa de que somos preguiçosos e indolentes porque, de fato, queriam mesmo era nos escravizar!

A lógica capitalista de exploração não vamos seguir, porque não estamos dispostos a nos submeter, então, o melhor que temos a fazer é buscar estratégias que desse mundo nos façam escapar.

DIA DE MOVIMENTO

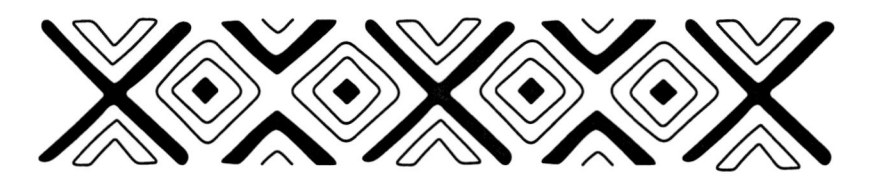

De longe eu vejo cocares com penas de arara azul, de gavião e mutum.

Vejo também rostos pintados de jenipapo e urucum. Um aglomerado de gente vem chegando,

Agora posso ouvir o que eles vêm cantando.

Pisa ligeiro, Pisa ligeiro.

Quem não pode com a formiga, Não assanha o formigueiro.

Agora eu entendi.

São os povos indígenas marchando rumo ao Supremo Tribunal Federal.

É o movimento de luta,

É a mobilização nacional.

Corre! Liga a TV, essa notícia vai dar no jornal.

PRECONCEITOS NAS REDES

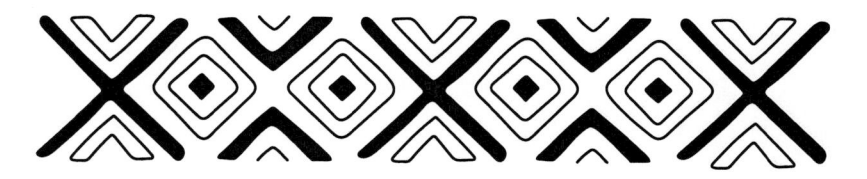

Uma imagem é certa: indígena deitado na rede sem fazer nada, somente vendo a vida passar,

Mas que falácia é essa? Se ele está ali, é porque, em outro momento, a sua tarefa já terminou. Ele foi à roça, foi caçar, foi pescar e até na escola foi estudar.

O preconceito é muito latente, é muita discriminação.

É um olhar eurocêntrico de que o indígena só pode levar a vida de acordo com sua tradição.

Se o indígena está nas redes sociais, acessando e interagindo com outras pessoas no Facebook, Twitter, TikTok e Instagram, é porque a sua cultura não pratica mais.

É outra visão ocidental, vinda da época colonial, que insiste em varar o tempo até o tempo atual.

Não vamos deixar de ser quem nós somos, por fazer as coisas que você faz, ter profissão, estudar e acessar as redes sociais,

Porque a sabedoria que temos para lidar com tudo isso vem de muito tempo: vem dos nossos ancestrais.

A POLÍTICA E OS INDÍGENAS

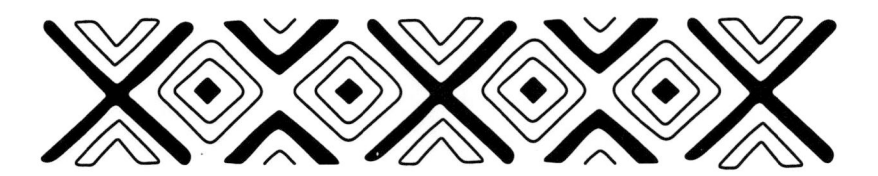

Indígena na política até parece novidade.

Poucos sabem que, na década de 1970, duas lideranças indígenas a esse posto chegaram.

Um Kaingang do Sul, Ângelo Kretã, foi o primeiro indígena vereador no estado do Paraná.

Mário Juruna, pelo estado do Rio de Janeiro, foi o primeiro indígena no Brasil a chegar a deputado federal.

Depois veio Joenia Wapichana: a primeira mulher indígena a ser parlamentar em âmbito nacional.

Agora, ela foi nomeada como a primeira indígena a presidir a Fundação Nacional dos Povos Indígenas — numa instituição que durante muito tempo o indígena era coadjuvante e visitante, hoje ele é protagonista e é quem decide a sua própria história.

Nessa história de política partidária não medimos esforços nem abandonamos nossas lutas: utilizamos dessa via para eleger mais duas guerreiras que prometeram nessa arena suas origens honrar e principalmente aldear.

Sônia Guajajara ganhou para deputada federal, no entanto, sua ascensão política não parou por aí: ela agora é ministra dos Povos Indígenas, um espaço importante que precisa de muita sabedoria. Isso irá tirar de letra, porque, ao lado dela, tem muita força que vem da mãe natureza e principalmente dos encantados.

Outro ser de luz é Célia Xakriabá, outra guerreira da ancestralidade que dentro da política nacional irá lutar, porque de uma coisa ela é convicta: que antes do Brasil da Coroa, havia o Brasil do Cocar.

Essas pessoas são nossas inspirações que não podemos deixar de mencionar.

O mundo precisa saber que os indígenas lutam por todos e em várias frentes,

Lutam principalmente pela mãe natureza, que é o caminho da cura para um mundo doente.

DIGITAL INFLUENCERS: DA ALDEIA PARA O MUNDO

Hoje, somos milhares nas redes sociais, com milhões de

seguidores,

Tem indígena falando sobre moda, cultura, arte e games. Tem indígena ativista ambiental.

Tem indígena jornalista.

Tem até indígena influenciador digital.

Aqui vão alguns nomes que se destacam no Brasil e em nível internacional:

Tukumã Pataxó: jovem carismático que, por meio da sua expressão forte no olhar e do seu jeito de falar, retrata muitas coisas sérias, que valem a pena a gente atentar.

Cristian Wariu: é do povo Xavante, com seus vídeos e fotos, torna sua rede social muito atraente e deslumbrante, com isso ele informa a quem procura por notícias do seu povo, ou apenas os curiosos que vivem por aí, nas redes sociais, somente *stalkeando*.

Mari Guajajara: com beleza, moda e grafismo, empodera a mulher indígena.

Alice Pataxó: comunicadora indígena que ganhou destaque e foi indicada como uma das 100 mulheres mais influentes do mundo, agora nos enche de alegria e, também, de muito orgulho.

Samela Sateré Mawé: nos encanta com sua capacidade de comunicação. Ela leva ao mundo nossas lutas pelo meio ambiente, pelo território, além de muita informação.

Odaldeia Wajãpi e Romana Wajãpi: no TikTok, são fenomenais! Eles fazem vídeos engraçados, ironizam, brincam, respondem a tudo e a todos. Quem assiste, não vai negar que esses dois são sujeitos geniais.

A presença indígena, como vimos, está em todo lugar. Agora, a internet é um espaço que conquistamos e nele iremos ficar.

PATAXÓ NO UFC

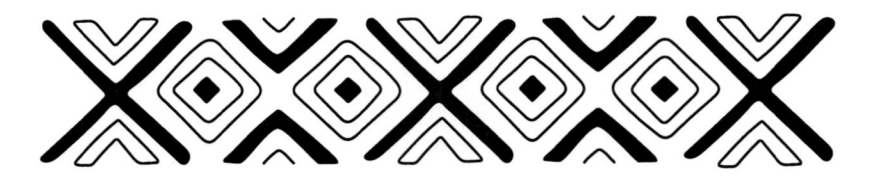

Da Bahia para os *States*, quem ganhou o cinturão foi um Pataxó.

Alex Poatan é o nome dele.

Lá nos Estados Unidos da América, ele lutou bravamente e incansavelmente, porque em suas veias corre o sangue de um povo guerreiro.

Na torcida, diretamente de Coroa Vermelha, Aldeia Syratã Mantxó.

Quem fazia a propaganda e divulgava em suas redes era o seu primo,

Um *digital influecer*, conhecido como Ubiranan Pataxó.

Poatan demonstrou que para os povos indígenas não há limites e fronteiras que não possam ser alcançados,

Basta nos darem oportunidades que mostraremos que não somos menos que ninguém, nem tampouco desqualificados, mas, sim, somos sujeitos de muita inteligência e muita capacidade.

RAP INDÍGENA

A musicalidade indígena vem da alma, ela está na essência de cada povo.

Ela expressa e fala de muitas coisas: da alegria, da tristeza, das dores, dos antepassados, da natureza e dos rituais sagrados.

Mas o que tem chamado atenção de todos são os indígenas rappers.

Eles formam grupos, mas também podem ser solo.

O primeiro grupo de rap indígena foi o Brô MC's, que é formado pelos *Kunumĩ* das etnias Guarani e Kaiowá.

Eles cantam e denunciam as violências contra seu povo e contra seu território, no estado do Mato Grosso do Sul,

As letras são fortes, trazendo a realidade de um cenário de invasão de territórios e muitas mortes.

Por isso, utilizam o rap como instrumento de luta, para mostrar o que muitas vezes a grande mídia não mostra.

Tem outro Guarani que canta rap, mas este canta solo, e é da etnia Mbyá.

O nome dele já foi Kunumĩ MC, agora, o mundo todo o conhece como Owerá.

Owerá, além de cantor, é escritor: uma herança passada de pai para filho,

Porque seu pai é nada mais nada menos que um dos mais famosos escritores indígenas: Olívio Jekupé.

Owerá também não é omisso, em suas músicas denuncia as maldades contra os indígenas, que, na maioria dos casos, ninguém evidencia.

Hoje, vemos que cantar também é lutar.

Não vamos mais ficar calados, andar de cabeça baixa, sendo chacota de músicas torpes e que não dizem nada a não ser propagarem muitas mentiras que reforçam preconceitos e estimulam a discriminação. Por isso, cantamos pela nossa autonomia e pela nossa libertação.

DJ TERENA

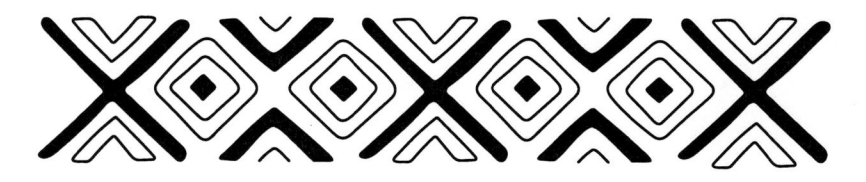

Os ritmos, as batidas, os compassos, agora saem da mesa de som.

Quem comanda é Eric Marky, um *hundaru* do povo Terena.

Na batida de suas músicas ele está conquistando o mundo e todas as pessoas que o veem.

Consigo ele leva as vozes e as lutas dos povos indígenas através desse instrumento musical, que até tempos atrás só conhecíamos pelo rádio ou assistindo à TV.

Dj Eric, com a sabedoria herdada dos *Koixómuneti*,

E com a orientação de *Ituko'oviti*, a cultura do seu povo será mantida e jamais esquecida, porque ele é o DJ *undi kopenoti*.

Vukapanavó, DJ Eric Marky!

VOZ ANCESTRAL

Falar do aquecimento global se tornou fundamental.

Por isso, os povos indígenas do Brasil vão à COP e à Corte Internacional.

Dizer que todos precisam ter consciência de que não há planeta B.

Lutar pelos rios, pelas florestas e cuidar da mãe natureza é nosso dever.

Em Glasgov, na Escócia, uma voz ecoou. Era a ativista Txaí Suruí,

Que disse em alto e bom som o que o mundo precisava ouvir.

Foi em uma língua emprestada que o alerta foi dado.

Se nada for feito, pagaremos o preço, independentemente da classe social, etnia e religião.

O colapso é certo, o estrago estará feito, e esse prejuízo não terá solução.

O homem, tão evoluído e tão racional, ficou cego, surdo e mudo.

Cavou a própria cova, em nome da ganância e do dinheiro,

A todo tempo só pensava em uma coisa: obter lucro, através do desmatamento e mineração.

NEM ÁGRAFOS, NEM ORALISTAS

Povos ágrafos, povos oralistas: um estigma milenar,

Um discurso frequente nas falas de pessoas que querem nos menosprezar.

Essa história não é bem assim,

Porque possuímos outras formas de nos expressar.

A música, a dança e o grafismo são técnicas avançadas da Arte e do registrar,

Foi dessa forma que, durante muito tempo,

As nossas narrativas sagradas conseguimos transmitir.

Embaixo de uma árvore, nas margens de um rio ou no pátio de rituais,

Todos vão aprendendo os segredos do mundo indígena.

Hoje em dia, temos escritores e escritoras indígenas que escrevem e contam as histórias indígenas através do papel.

Tem quem escreve poesias. Tem quem escreve contos.

Tem quem escreve artigos científicos.

Tem quem escreve crônicas.

E tem até quem escreve cordel.

Apesar de adotarmos essa técnica do grafar ocidental, não deixamos nossa essência ancestral, que é falar dos mundos ameríndios através de nossas narrativas, sem deixar nossas raízes e origens, que é nosso ouro e riqueza que nunca vamos abandonar.

PODEMOS SER QUEM VOCÊ É, SEM DEIXAR DE SER QUEM NÓS SOMOS!

O preconceito é generalizado: se o indígena usa roupa, tênis, boné ou tem celular, já deixou de ser indígena!

Já a discriminação, só quem passa por esta situação pode falar que não é brincadeira, quando alguém julga pela cor da pele ou pelo biotipo, isso fere a alma e dói no coração.

O ódio está em todo lugar: na classe baixa, média e também na alta, basta um sujeito indígena cruzar o caminho, lá vem chacota e muita zoação.

A desinformação está a serviço destas pessoas que não perdem tempo em cometer atos de injustiça contra os indígenas, que também são cidadãos.

O desconhecimento destes povos é tão grande que cega, cala, consente e ignora.

E, nesse sentido, os indígenas são alvos certos nesse mundo que aliena pensamentos por falta de Educação.

Falar em Educação é falar em conscientização.

Se hoje em dia seguimos no caminho da formação acadêmica, foram os nossos velhos sábios que nos incentivaram e nos orientaram.

Hoje somos médicos para curar as doenças importadas por meio das Caravelas.

Hoje somos professores para formar guerreiros conscientes e esclarecidos.

Hoje somos advogados para interpretar as leis constitucionais e também as leis internacionais, que garantem nossas existências culturais e ancestrais.

A formação que buscamos nas universidades não é para deixarmos de ser quem nós somos, mas, sim, para termos cons ciência e orgulho de quem nós somos. Indígenas!

DICAS SOBRE ALGUNS TERMOS REFERENTES AOS POVOS INDÍGENAS PARA NÃO ESQUECER

Índio, indígena ou originário?

Índio – termo genérico que desconsidera as particularidades de cada povo. Atualmente é utilizado de forma estereotipada e racista.

Indígena ou originário – termos ideais para se referir aos povos que habitavam as Américas antes da colonização pelos europeus.

Tribo ou povo?

Tribo – referente às pessoas em estado evolutivo da humanidade. Exemplo: selvagens ou primitivos.

Povo – diz sobre um conjunto de pessoas que falam a mesma língua, que têm os mesmos costumes, histórias e tradições comuns.

GLOSSÁRIO

Palavras de origem Guarani Nhandewa

Apy – aqui

Awakwé – homens

Guarani Mbyá Nhaneramõikwery – nossos mais velhos

Kamindju – bebida fermentada de milho

Kangwaá – cocar

Ka'agwy – floresta

Kunhãngwé – mulheres

Kunhãtaĩ – moça

Kunumĩ – moço

Nhanderu – nosso Deus

Nhemongaraí – ritual de nomeação das crianças

Opy – casa ritualística

Owerá – raio

O'y gwatsu – casa ritualística **Guarani Nhandewa**

Parakau – papagaio

Txamõi ray – filho de branco

Tekoá – lugar onde moram os Guaranis
Ywy – Terra
Ywyty – montanha
Y'y gwasu – rio

Palavras de origem Terena

Hundaru – soldado, guerreiro
Ituko'oviti – Deus
Koixómuneti – rezador, pajé, xamã
Kopenoti – indígena, Terena, aldeia
Undi – eu
Vukapanavó – em frente, para a frente

Palavras de origem inglesa

Fake news – notícias falsas
Fast-food – comida rápida
Influencer – influenciador
Influencers – influenciadores/as
States – estados

REFERÊNCIAS

AVILA, Milena Abreu. Colonialidade e Decolonialidade: você conhece esses conceitos? *Politize!*, Florianópolis, 19 mar. 2021. Disponível em: https://www.politize.com.br/colonialidade-e-decolonialidade/#:~:text=A%20decolonialidade%20%C3%A9%20considerado%20como,%C3%A0%20modernidade%20e%20ao%20capitalismo. Acesso em: 9 fev. 2023.

GONZAGA, Alvaro de Azevedo. *Decolonialismo Indígena*. 2. ed. São Paulo: Matrioska Editora, 2021.

KRENAK, Ailton. *Futuro Ancestral*. 1. ed. São Paulo: Companhia das Letras, 2022.

DESÁNA DENÍ HAHAIN
JUMA JARICUNA
ONDÊ LATUNDÊ MAKÚM
RAVUTE NUKINÍ PANKAR
BAKTSA SATERÉ MAWÉ
TAPAJÓS TUPINAM
AVANTE
JDJÁ YAWALAPITÍ YANO
AIMO NACÉ
OMITXÍ ENAWENÊ-NA
JARA MBYA ANI
APOQUE KO ATEJ
ARAJÁ KRENÁ PALIKUR PA
PIRAHÁ PAIAKU PA
PAVÓ PIRI-PIRI PITAGUAR
AINÁKU